L'ENCYCLIQUE ET L'ÉPISCOPAT FRANÇAIS

SATIRE

suivie de

LA FRANC-MAÇONNERIE

ET

L'ALLOCUTION PAPALE

SATIRE

PAR J. CATHÉRINEAU

La France est catholique, mais non croyante.
Emile de GIRARDIN.

Chez nous, Maçons, règnent l'égalité, la tolé-
rance, premier garant de la liberté de l'homme, et
symbole auguste de sa dignité originelle.
L'illustre DUPIN aîné.

DEUXIÈME ÉDITION.

Prix : 50 centimes.

EN VENTE :

A BORDEAUX, CHEZ FÉRET FILS, LIBRAIRE-ÉDITEUR,

COURS DE L'INTENDANCE, 15,

et chez les principaux libraires de France.

—

1866

L'ENCYCLIQUE ET L'ÉPISCOPAT FRANÇAIS

SATIRE

suivie de

LA FRANC-MAÇONNERIE

ET

L'ALLOCUTION PAPALE

SATIRE

PAR J. CATHÉRINEAU

> La France est catholique, mais non croyante.
> Emile de GIRARDIN.
> Chez nous, Maçons, règnent l'égalité, la tolérance, premier garant de la liberté de l'homme, et symbole auguste de sa dignité originelle.
> L'illustre DUPIN aîné.

DEUXIÈME ÉDITION.

Prix : 50 centimes.

EN VENTE :

A BORDEAUX, CHEZ FÉRET FILS, LIBRAIRE-ÉDITEUR,

COURS DE L'INTENDANCE, 15,

et chez les principaux libraires de France.

—

1866

INTRODUCTION.

———

Qui que vous soyez, vous qui lirez ces satires, lisez-les jusqu'au bout : c'est sur leur ensemble que vous devez porter votre jugement, et non sur quelques parties détachées. J'espère que vous y trouverez la pensée d'un homme profondément religieux, aimant Dieu pour Dieu lui-même, et non pour en faire étalage ou profit.

J'espère que vous reconnaîtrez que je remplis un devoir de conscience, dans les limites de ma modeste influence, en avertissant le clergé séculier et régulier que, dans l'aveuglement du triomphe, il se perd et compromet la religion par ses empiètements et par ses exigences. Cela doit nous conduire fatalement à une révolution : car la France est patiente et laisse faire ; mais quand elle se lasse, semblable à ces terribles volcans longtemps comprimés dans les entrailles de la terre, elle fait explosion et renverse tout avec fracas. N'oublions pas que nos révolutions de 1789 et de 1830 ont été aussi théocratiques que politiques, comme l'a dit, avec raison, M. le Premier Président Bonjean, dans son discours au Sénat, le 15 mars 1865.

S'il se trouvait des hommes assez aveuglés sur la situation pour critiquer ces satires, du moins au point de vue de la pensée qui me les a fait écrire, je les plaindrais, mais je ne leur répondrais pas. Un tel débat serait interminable ; c'est à l'opinion publique de juger.

J. CATHÉRINEAU.

L'ENCYCLIQUE

ET

L'ÉPISCOPAT FRANÇAIS

SATIRE

> La France est catholique, mais non croyante.
> Émile DE GIRARDIN.

L'AUTEUR, à l'un de ses amis qui vient le voir.

Ah! Damis, vous voilà? Quelle heureuse venue!
Vous êtes un esprit de valeur bien connue.
Oh! je pensais à vous, mon cher, en ce moment;
Il me faut aujourd'hui votre bon jugement.

DAMIS.

Mon jugement, hélas! est de peu d'importance.

L'AUTEUR.

J'y tiens, sur ce travail de votre compétence.

DAMIS.

Qu'est-ce donc?

L'AUTEUR.

L'Encyclique!

DAMIS.

Ah! bon Dieu, cher ami!

L'AUTEUR.

Eh bien! qu'avez-vous donc? Oh! vous avez frémi!

DAMIS.

Vrai, ceci me fait peur!... Sans doute, une satire?

L'AUTEUR.

Vous avez deviné. Qu'y trouvez-vous à dire?

2.

DAMIS.

Moi, rien pour le moment; il faut lire d'abord;
Peut-être, après cela, tomberons-nous d'accord.

L'AUTEUR.

Soit; mais asseyez-vous, je vais prendre ma lyre;
J'invoque ses accents; non, je me borne à lire.
Seul, Homère, inspiré, pouvait chanter ses vers!
Je commence, Damis; je parle à l'univers :

O vous, qui raisonnez, accourez sur la brèche!
Voici le Vatican qui s'emporte et qui prêche,
Et blesse, sans raisons, le cœur national,
Qui peut, d'un battement, briser un piédestal
Où trône, par la force, un Pouvoir éphémère,
Que nos soldats, soumis à leur devoir austère,
Sont, hélas! obligés de garder tour à tour,
Jusqu'à l'instant fatal sonnant son dernier jour!

Quoi! vous venez encore, en ce moment critique,
Nous rompre le tympan d'une lourde Encyclique,
Dans l'espoir d'allumer en tous lieux les brandons
Qui faisaient autrefois vos effroyables dons?...
Vous insultez en vain toutes ces grandes choses
Que Dieu marqua du doigt au rang des saintes causes :
Qui, rapprochant de lui la grande humanité,
Lui montrent du parcours la brillante clarté!...
Ah! de ce feu divin qui germe dans nos têtes,
Vous voulez nous ravir les vaillantes conquêtes?
Et prouver aux enfants du grand quatre-vingt-neuf,
Que votre vieil habit leur vaut bien mieux qu'un neuf?
Que votre unique but est le salut des âmes,
Et de les arracher aux éternelles flammes?...
Mais nous vous connaissons... ô trop adroits parleurs!
Vous voulez être rois!... C'est le fond de vos cœurs!...
De la théocratie unique, universelle,
Vous tenez donc toujours l'incroyable ficelle?
Aux fils de Loyola ralliés en ce temps,
Vous comptez asservir les peuples repentants?...
Allez! allez! Messieurs, encore un tour de force,
Peuples et souverains apercevront l'amorce!

Oh ! vous serez frappés un jour comme autrefois (¹),
Remis à votre place, annulés et sans voix !...
Vous vous trompez de temps : la France catholique
Ne croit pas plus à vous qu'un affreux hérétique,
Et sait qu'en appuyant les faits qui vous sont chers,
Elle fournit le bois servant à vos bûchers !...

Mon langage est ardent, énergique et sévère ;
Les Évêques sont durs : c'est le droit de la guerre.
Ils nous donnent toujours ces charitables noms :
Niant Dieu, Mécréants, Pestiférés. Démons,
Rebut de l'univers, amas diabolique !
Attendez, c'est Boileau qui fournit la réplique :
« Qui méprise Cotin n'estime point son roi,
» Et n'a, selon Cotin, ni Dieu, ni foi, ni loi. »
Ministres tout puissants d'un respectable culte.
Vous nous jetez au front la colère et l'insulte !
Pour nous défendre un peu nous voulons raisonner,
Et vous, toujours méchants, vous voulez nous damner ;
Respectant votre foi nous soutenons la nôtre,
Vous, toujours absolus, vous imposez la vôtre ;
Vous voulez abrutir par l'inquisition,
D'éclairer l'univers est notre mission !
Voilà, Messieurs, voilà l'énorme différence :
Nous avons la raison, et vous la violence.
Nous mettons en regard ces principes divers.
Et nous vous assignons au banc de l'univers !

Quand le mot *liberté* grimaçait dans vos bouches.
Il nous faisait grand'peur, car vos yeux étaient louches.
Aujourd'hui, tout est clair, les masques sont à bas ;
Nous voici corps à corps dans ces tristes débats.
Tous les coups vont porter, aiguisons bien nos armes ;
Marchons droit au combat, sans crainte et sans alarmes.
Eh bien ! nous acceptons ce cartel violent !
Voyons votre Encyclique et son produit brûlant.

Arrêtons-nous un peu sur ce long préambule,
Lui donnant, de tout point, la forme d'une bulle ;
On peut le résumer en prononçant ces mots :
Il est le précurseur des plus horribles maux !...

(¹) Voir la note 1, page 25.

Nouveaux Torquemada, qu'en un jour de colère (¹)
Jéhovath fit surgir pour dépeupler la terre,
Régner est votre but, par des moyens à vous,
Voir le monde, en tous lieux, courbé sur ses genoux !...
Qu'on vous donne le glaive et la toute-puissance,
Et bientôt on verra, sur le sol de la France (²),
Paraître vos bienfaits : l'extermination !...
L'hérétique mourant pour sa confession !
Les enfants étouffés sur le sein de leur mère,
Le fils trouvant la mort en défendant son père ;
Les corps des malheureux entraînés par les flots,
Et le sang refoulé des plus larges ruisseaux !
Les orphelins pleurant le sort de leurs familles,
Les membres tout meurtris et couverts de guenilles,
Perdus, abandonnés au milieu du chemin,
Mourant de désespoir, sans asile et sans pain !
On reverrait encore abattoirs, fusillades,
La Saint-Barthélemy, d'affreuses dragonnades,
Et le massacre, en bloc, des sanglants Albigeois (³),
Où le Grand Roi vieilli ternissait ses exploits !
L'Édit nantais, enfin, vous déplait, vous suffoque ;
Eh bien ! vous intriguez, et Louis le révoque !
Il fait perdre au pays, ce monarque pieux,
Grand nombre de Français des plus industrieux !...
C'est à revoir ces jours que tend votre Encyclique ;
A cette vérité, pour vous, point de réplique...
Mais nous serons, Messieurs, sur ce sanglant chemin,
Toujours prêts, l'œil ouvert, et la satire en main !

Voyons, qu'entendez-vous par le mot *hérétique?*
Consultons, un instant, la fougueuse Encyclique :
En ses quatre-vingts points, le *Syllabus* fait voir
Que beaucoup le seront même sans le savoir :
D'abord tout Israël, Musulmans, Calvinistes,
De cent cultes divers les très nombreuses listes,
Dominant, aujourd'hui, des peuples à foison,
Et que vous condamnez sans aucune raison.
Vous ajoutez aussi plus d'un bon catholique,
Qui raisonnent un peu sur le culte authentique ;

(¹) Voir la note 2, p. 25. — (²) Voir la note 3, p. 25. — (³) Voir la note 4,
p. 25.

Celui, bien entendu, que vous faites pour vous,
Et que vous présentez si tolérant, si doux.
Ils croyent, cependant, mais sans idiotisme ;
Vous traitez leur raison d'affreux libéralisme !
Leur nombre est assez grand... Oh ! vous le savez bien !
Si vous les brûlez tous il ne restera rien !
Rien ! que l'affreux amas des fougueux fanatiques,
Qui rêvent de bûcher pour tous les hérétiques,
Qu'ils voudraient bien un jour voir, réduits aux abois,
Grillés, pompeusement, sur un gros tas de bois !

Ce parti libéral du bon catholicisme,
Vous l'accablez toujours pour son libéralisme !
Sus même aux Gallicans !... Donc, entre vous et nous,
Il n'est point de milieu : qu'on doit être avec vous.
Confesser hautement votre ultramontanisme,
Ou suivre avec ferveur notre grand catéchisme,
Qui veut que la raison, dominant en tout lieu,
Soit la règle ici-bas d'une croyance en Dieu.
Quand le pouvoir suprême exprime l'espérance,
Dans l'intérêt sacré du bonheur de la France,
De vous voir moins Romains, respectueux des lois,
Vous criez, sans motifs, qu'on opprime vos droits.
Vos droits !... Ah ! Messeigneurs, que sont les autres cultes,
Que l'on voit chaque jours couverts de vos insultes (¹) ?
Nous les voyons soumis, comme tous les Français...
Veuillez en faire autant et vous tenir en paix.

Bornons notre examen sur ce long préambule ;
Passons au *Syllabus* sans suivre sa formule ;
Contentons-nous, enfin, d'examiner à fond
Quelques points importants et d'un effet profond.

Votre grand *Syllabus* professe des doctrines
Qui font battre les cœurs dans toutes les poitrines !
Suivant mon examen, je vais citer un point
Comme en nul autre écrit on n'en retrouve point :
Comment ! Messieurs, comment ! un père de famille
Ne pourra pas donner à son fils, à sa fille,
Pour leur instruction, des maitres de son goût ?...
Vous vous donnez le droit, pour toujours et partout,

(¹) Voir la note 5, p. 26.

3.

Au moyen d'un veto, de lui fournir les vôtres (¹),
Qui souvent, comme on sait, sont de fort bons apôtres!
Les moines enseignants, abbés instituteurs,
Pour leurs brebis, parfois, sont d'excellents pasteurs!
Ouvrons des tribunaux la grande statistique,
Nous y trouvons des faits pour plus d'un bon critique :
Que de clercs, abusant de leur position,
S'en servent, quelquefois, pour la séduction!
Suborneurs criminels d'une tendre innocence,
Passant des doux propos à l'extrême licence,
Ils sont, bien déguisés sous un masque pieux,
Conduits fatalement aux crimes odieux.
Hélas! nous les voyons, au sortir de l'église,
Aller, avec éclat, jusqu'à la cour d'assise!
Et le juge prudent ferme bien cet enclos,
Car les crimes sont tels qu'il leur faut le huis-clos!
La honte et les remords sont les tristes compagnes
Conduisant les héros aux portes de nos bagnes.
Que d'attentats connus je pourrais vous citer!
Par centaines, enfin, l'on pourrait les compter.

Si nous passons aux faits de toute autre nature,
C'est la tristesse au cœur qu'on saisit la pâture.
Plus d'un prêtre indiscret, au confessional,
A coloré le teint d'un beau front virginal,
Ou blessé la pudeur d'une très jeune dame,
En portant trop avant le regard dans son âme!...
Comment! un jeune prêtre, un moine trivial,
Saura tout ce qu'on fait dans un lit nuptial?...
O vous hommes prudents! bons pères de famille,
Ne confiez qu'à vous votre innocente fille!
Et vous, époux heureux, possédant un trésor,
Soyez son directeur, Messieurs, je parle d'or!...
Un prêtre, quel qu'il soit, ou comment on le nomme,
Et quoi que vous fassiez, sera toujours un homme :
Donc, un foyer ardent de vives passions,
Multiplié cent fois par les privations.
Il peut être sans feux, cela doit être rare :
De ces hommes tronqués la nature est avare.

(¹) Voir la note 6, p. 26.

Ah! Messieurs, croyez-moi, même avec la laideur,
De ces tristes martyrs ne tentez pas l'ardeur.

Donnez à vos enfants, règle primordiale,
La première vertu, la vertu sociale.
L'enseignement laïque, et ses bons professeurs,
Peut seul, soyez en sûrs, former vos successeurs.
Pourquoi demandez-vous à la cléricature
Un principe toujours contraire à sa nature?
Connaîtrait-on très bien l'équerre et le compas,
On ne saurait fournir un savoir qu'on n'a pas.
Oh! nous le savons tous, l'enseignement fourmille
De savants professeurs, bons pères de famille.
Placez dans ce milieu votre très jeune fils,
Là se trouve l'exemple à côté de l'avis.
Mettez des millions du grand budget des cultes (¹),
A créer, en tous lieux, l'enseignement d'adultes,
Formant des citoyens instruits de leur devoir,
Pleins de leur dignité, d'un solide savoir,
Laissant dans leur esprit, tout le temps de leur vie,
Ce germe bienfaisant qui, pour toujours, les lie
Aux devoirs sociaux... Cet état de bonheur,
A la croyance en Dieu prépare bien le cœur.

Marchons, marchons toujours dans la longue pancarte,
Et suivons, avec soin, votre éternelle charte,
Qui vise, sans façons, à dominer en tout,
Dans le palais des rois, chez le riche surtout!...
Je trouve au *Syllabus* un point très critiquable;
Si je n'en parlais pas je serais bien coupable!
J'y vois, ma foi, j'y vois, le vrai sens de ces mots,
Qui seront bien compris des savants et des sots :
— Les Princes sont courbés aux volontés de Rome! —
Ah! mon Dieu! Messeigneurs, quel effrayant fantôme!
Vous ajoutez plus loin, d'un ton réjouissant :
— Les Empereurs sont nuls, le Pape est tout-puissant!
C'est lui qui fait les Rois, les lie et les délie;
Vous donnera l'enfer ou la grâce infinie;
Il tient ces grands pouvoirs directement des Dieux ! —
S'il dispose du Ciel, il doit donc, à vos yeux,

(¹) Voir la note 7, p. 26.

Être le souverain qui gouverne le monde?
Hors vous, tout, ici-bas, n'est que matière immonde!...
Vous êtes logiciens en vos raisonnements!
Mais c'est à la façon de nos plaideurs normands :
Vous nous donnez le Ciel et vous gardez la terre!
Vraiment, vous êtes forts à traiter une affaire :
Car vous êtes très sûrs des biens que vous prenez,
Et nous le sommes moins de ceux que vous donnez...
Tartufe a beau vieillir, son teint devenir blême,
Son esprit imposteur sera toujours le même.
Molière, en le frappant de son vers solennel,
A laissé le croquis de ce type éternel !

Vous attaquez, enfin, ce grand droit de suffrage (¹).
Ce droit qu'a tout Français quand il en atteint l'âge.
Les peuples ne sont rien; pour vous le Pape est tout!...
Prenez garde, Messieurs, de les pousser à bout;
Prenez garde, imprudents, qu'un grand peuple en colère
Ne vous force, en trois jours, à vous blottir sous terre!
Qu'il change en hôpitaux d'innombrables couvents (²),
Et réduise au travail leurs personnels mouvants;
Qu'il siffle, avec raison, pour punir cette audace,
Un moine, en plein soleil, montrant sa triste face;
Car nos lois ont proscrit ces ordres paresseux,
Riches et bien pourvus, sous un aspect crasseux.
Il pense que dormir, disant les litanies,
Est un métier moins lourd que manier les scies.
Vaincre dans les combats, ou parcourir les mers,
Pour avoir, bien souvent, des résultats amers!

Il sait vos procédés pour créer un grand ordre :
Vous vous jetez surtout aux lieux où l'on peut mordre;
Vous provoquez les dons par un moyen puissant,
Et puis, vous donnez deux quand on vous donne cent.
Vous appliquez toujours la fameuse maxime
Qu'on vous vit pratiquer au beau temps de la dîme,
Car, très pieusement, vous tombez à genoux,
Et soupirez : Seigneur, les plus pauvres, c'est nous!...
Vous commencez, d'abord, par une humble masure;
Recevant de partout, vous montez à mesure :

(¹) Voir la note 8, p. 26. — (²) Voir la note 9, p. 26.

Bientôt vous bâtissez des couvents somptueux ;
Vos revenus sont gros... O moines onctueux !
Voilà donc le trajet que suit le bien du pauvre !
On l'adresse à Paris, il part pour le Hanovre...
Et vous nous affirmez que ces biens sont à vous ?
Peut-être est-ce douteux... On dit qu'ils sont à tous.

Quand le peuple, autrefois, en Jupiter qui tonne,
Vous fournit la leçon, pourtant elle fut bonne !
Il défendait alors, par sa mâle vigueur,
Le droit d'adorer Dieu selon l'élan du cœur.
Nos lois ont consacré ce droit imprescriptible ;
Vouloir nous le ravir, c'est vouloir l'impossible.
Mais rien ne vous arrête, et, les éclairs passés,
C'est toujours arrogants que vous reparaissez.
Le pouvoir qui surgit de ce sanglant orage,
En s'appuyant sur vous se figure être sage ;
Mais bientôt, tout puissants, vous entrez en fureur,
Vous le désabusez de sa fatale erreur.
Alors, parlant en maître aux grandeurs de la terre,
Vous imposez vos lois ramenant en arrière ;
Vous criez en tous lieux que le monde est à vous,
Qu'il doit vous obéir et se mettre à genoux.

Mais vous oubliez donc, orgueilleux que vous êtes,
Ce qu'il faudrait pourtant bien mettre dans vos têtes,
Que sur le nombre rond de plus d'un milliard
D'individus grouillant, pourvus, sans un liard,
Sur ce sol arrondi, qu'on appelle la terre,
Ayant le bien, le mal, ou la paix, ou la guerre,
Vous êtes un huitième !... Oh ! bien moins possesseurs ([1]) ;
Car retranchons enfin tous les libres penseurs
Qui, fermes en leur foi, repoussent vos doctrines,
Et répètent tout haut, en frappant leurs poitrines,
Que, catholiques nés, ils veulent s'affranchir,
Et, devant votre orgueil, refusent de fléchir.
Ici, je vous le dis, le nombre en est immense !
Il grandit chaque jour, ayez-en l'assurance...
Si vous doutez, eh bien ! nous allons nous compter ;
Sur un *oui*, sur un *non*, nous allons tous voter !

([1]) Voir la note 10, p. 27.

Voter!... Ah! qu'ai-je dit?... Vous craignez la lumière;
Il vous faut des croyants aux pupilles en pierre.
Vous tremblez aux seuls mots : — Suffrage universel! —
Ainsi, vous condamnez ce grand droit, ce grand scel?
Mais alors, le pouvoir qui gouverne la France
Est le produit impur d'un grand peuple en démence?...
Oh! pour vous, ces grands faits inspirent le dégoût;
Tous ces pouvoirs sont nuls, vous seuls décidez tout!

Ah! quelle est votre erreur, aveugles que vous êtes!
Il faudrait tout d'abord qu'on vous crût des prophètes;
Que le peuple idiot eût confiance en vous;
Qu'il se courbât, tremblant, sous vos pouvoirs jaloux!...
Écoutez bien ceci, gardez-en la mémoire :
Le peuple est Catholique à sa façon de croire;
On le voit, le dimanche, accourir au saint lieu,
Non pour vous adorer, mais pour adorer Dieu!
Il consent, quelquefois, à joindre sa prière
Aux effets trop clinquants de votre ministère,
A la condition qu'en dehors des autels
Vous reviendrez soudain de très simples mortels.
Mais si vous franchissez le cercle qu'il vous trace,
Il ne voit plus en vous que parleurs pleins d'audace
Qui devraient se tenir dans un humble réduit,
Et qui n'ont d'autre but que de faire du bruit.
Quand vous parlez morale, il écoute en silence;
Mais prêchez-lui, Messieurs, modestie, abstinence,
Tout boursouflés d'orgueil, *la douce humilité!*
Dans un palais tout or, *la sainte pauvreté!*
Il vous tourne le dos et repousse la glose;
Vous lui faites l'effet de ce bon monsieur Chose
Qui, l'estomac tout plein, ne peut être alarmé
D'entendre les soupirs d'un pauvre homme affamé;
Ou qui, sur des coussins, dans un fort bon carosse,
Rit bien d'un malheureux monté sur une rosse.

Le peuple, Messeigneurs, courbé sur son travail,
Goûte peu vos sermons sous un riche camail;
Il traîne, au jour le jour, sa vie un peu précaire,
Votre luxe éclatant insulte à sa misère.
Soyez pauvre avec lui, vous aurez son respect;
Son jugement sur vous prendra tout autre aspect...

Il est souvent l'ami du curé de village,
Surtout s'il est humain, tolérant, d'un grand âge;
Il s'incline bien bas quand il le voit, boueux,
Dans de mauvais chemins, sur son bâton noueux,
Portant, de bonne foi, la consolante hostie
Au malheureux qui souffre et voit s'enfuir la vie!...
Quand, privé de tout bien, dans un moment fatal,
Vaincu par la douleur, il entre à l'hôpital,
Il aime à son chevet une Sœur en prière,
Lui prodiguant ses soins à son heure dernière!
C'est l'Ange de bonté, de consolation,
Pratiquant jusqu'au bout sa sainte mission!
Pour ce cœur chaste et pur, qu'importe la croyance?
S'il faut d'un malheureux adoucir la souffrance,
On la voit, nuit et jour, près d'un lit de douleur,
Et se faisant chérir de l'enfant du malheur!
Il l'aime avec respect, s'incline à son passage!
Mais l'Évêque opulent pour lui n'est point un sage :
C'est un homme empourpré, posant à tout propos,
Par-ci, par-là, partout, sans le moindre repos;
Mangeant bien, buvant mieux et faisant un bon somme,
Au visage incarnat et rond comme une pomme,
Bien plus puissant, ma foi, que le Maître divin,
Qui changeait de l'eau claire en véritable vin;
Oh! miracle plus grand!... sans aucune hyperbole,
L'Évêque en beaucoup d'or transforme sa parole (¹)!

Messieurs, vous abusez, dans votre *Syllabus*,
De ces mots impuissants : « Frappé comme d'abus! »
Sûrs d'éviter ainsi la vindicte publique,
Derrière un concordat, respectable relique,
Vous parlez hautement au mépris de la loi,
Qui selon vos besoins est de mauvais aloi.
Pourtant, tout citoyen doit son obéissance
Aux lois de son pays, ayez-en souvenance!
Devant leur majesté nous devons être égaux :
Pauvre, opulent, bourgeois, même les Cardinaux!...
Quand vous bravez ainsi ce pacte de famille,
Montés sur vos grands airs, dans votre souquenille,

(¹) Voir la note 11, p. 27.

Au nom d'un Dieu de paix et de soumission,
Vous proclamez la guerre... Oh! triste mission (¹)!
Que font à vos Grandeurs les maux de la discorde?
Vous voulez être tout, il faut qu'on vous l'accorde;
Vous voulez dominer en dépit du bon sens,
Dussiez-vous réussir par le feu, par le sang!...
Boileau l'a dit déjà, dans sa rude franchise :
« Abîme tout plutôt, c'est l'esprit de l'Église! »
Ses vers, partout marqués d'un vigoureux entrain,
Ont montré votre esprit dans l'immortel *Lutrin*.

O courageux Boileau! ta grande âme inspirée
Les connaissait à fond!... Vois-tu de l'Empyrée
Ce qu'ils sont devenus? Tapageurs et méchants,
Soumis avec orgueil à leurs tristes penchants!...
Deux siècles ont passé sur tes écrits sublimes,
Que les retrouvons-nous?... Nos ennemis intimes!

Oui, la France aujourd'hui, catholique sans foi,
Désire, Messeigneurs, qu'on respecte la loi.
Le peuple avec dégoût a vu votre tapage,
Qu'il juge, avec raison, n'être point de notre âge;
Il paie avec regret votre gros traitement,
Et voudrait qu'on l'acquît plus convenablement;
Que vous fussiez Français avant d'être Archevêques :
Il priserait bien mieux vos valeurs intrinsèques...
Naguère, un peu naïf, il vous crut Gallicans;
On l'avait affirmé... ce n'était que cancans!...
Ah! du temps du Grand Roi, tout le clergé de France (²)
Tenait avec orgueil à son indépendance.
Aujourd'hui, quel affront! moins Français que Romain,
Il court au Vatican pour voir son Souverain!
Mais alors, Messeigneurs, allez en Italie
Auprès de votre Chef... Qui s'adore s'allie!
Ou respectez les lois en restant parmi nous;
Avec l'autorité vivez en bons époux;
Sinon, du traitement quand il vous faut la somme,
On peut vous renvoyer au grand trésor de Rome...
Le peuple aime à vous voir plus humbles, plus soumis,
Et non point exigeants, querelleurs, ennemis.

(¹) Voir la note 12, p. 27. — (²) Voir la note 13, p. 27.

Soyez donc circonspects en votre ministère :
C'est votre seul moyen d'adoucir sa colère.
Voilà, Messieurs, voilà des vérités sur tous;
Cet avis est fort bon, Messeigneurs, croyez-nous !

Qu'en dites-vous, mon cher?... Surtout de la franchise!

DAMIS.

Vous me voyez tremblant! Il faut que je le dise...
Qu'avez-vous fait?... Grand Dieu!... Brûlez ce manuscrit!
Ah! quel démon perfide a tenté votre esprit!

L'AUTEUR.

Mais pourquoi donc cela?... Que prétendez-vous dire?
Brûler ainsi ces vers!... A qui peuvent-ils nuire?

DAMIS.

Vous demandez à qui?... Mais à vous, malheureux!

L'AUTEUR.

A moi? Mais comment donc?... Vous êtes bien peureux!
N'aurai-je pas dit vrai? tronquerai-je l'histoire?

DAMIS.

Pour cela, ma foi non; je l'ai dans la mémoire;
Ces faits sont très connus, on ne peut le nier...
Toutefois, bornez-vous à ne rien publier.

L'AUTEUR.

Donnez-moi vos raisons.

DAMIS.

Je puis en fournir mille!

L'AUTEUR.

Voyons-les donc, enfin.

DAMIS.

Cela m'est très facile :
Vous serez poursuivi par messieurs les Cagots,
Par les Ultramontains appuyés des Bigots,
En vous, en vos amis, même en votre famille,
De ces exemples-là notre histoire fourmille,
En tous vos intérêts, surtout en votre honneur;
Calomnié cent fois par un traître meneur,
Qui salira partout votre honorable vie,
Vous serez déchiré par la rage et l'envie!...
Ils vous écraseront!

L'AUTEUR.

Vous croyez?

DAMIS.

J'en suis sûr!

L'AUTEUR.

Vous voyez, mon ami, je suis d'un âge mûr;
J'ai vu bien des dangers dans ma longue existence :
J'ai lutté corps à corps, toujours avec constance,
Vaincu les éléments et la fureur des flots;
Faut-il se démentir? trembler aux premiers mots?
C'est par le dévoûment que s'affirme la gloire!

DAMIS.

Par des moyens honteux ils auront la victoire!...
Oui, vous serez vaincu!

L'AUTEUR.

Ce n'est pas très certain.

DAMIS.

Ils seront aux aguets du soir jusqu'au matin.
Attendez, laissez-moi vous conter une histoire,
A leurs détours affreux il vous faudra bien croire :
Il était à deux pas, tout près, dans ce quartier,
Une famille heureuse exerçant un métier;
Deux tout petits garçons, ajoutez une fille,
La mère et le mari, voilà cette famille;
Vivant, tout doucement, d'un travail assidu,
Toujours avec honneur, n'ayant jamais rien dû.
Chez les gens très dévots était leur clientèle,
Parmi lesquels, hélas! madame telle, ou telle;
Vieille et laide bigote, en faisant très grand bruit,
A l'esprit orgueilleux, malfaisant, qui détruit.
Eh bien! mon cher, eh bien! cette affreuse mégère,
Exigeait durement, du mari, de la mère,
D'entrer, à l'instant même, en Congrégations;
Froissant ces nobles cœurs en leurs convictions!...
Le mari fort instruit, vertueux, très austère,
Étant libre penseur n'en faisait nul mystère,
Refusa d'obéir... Immédiatement,
Une ligue infernale agit très puissamment
Pour lui ravir son pain!... Toute la clientèle
En un jour disparut, au mot d'ordre fidèle!

L'AUTEUR.

Où sont ces malheureux? Allons à leur secours!
Ne perdons aucun temps à faire des discours.

DAMIS.

Je crois qu'ils sont partis, qu'ils ont quitté la ville.
Je vous cite un tel fait, on en trouverait mille...
Harcelés, poursuivis, manquant de tout, de pain!
En luttant quelques jours, ils seraient morts de faim!

L'AUTEUR.

Voyons, de ce récit qu'allez-vous donc conclure?

DAMIS.

Qu'il vous faut, à l'instant, de votre esprit exclure
Le but trop dangereux que vous vous proposez!

L'AUTEUR.

Renoncer à mon but? Oh! vous vous abusez!...
Très humblement soumis à la toute-puissance
D'un Dieu plein de bonté, de douceur, de clémence,
Unique créateur de ce grand univers,
Où tournent constamment tous ces globes divers;
J'adore à deux genoux sa grandeur admirable,
Sans vouloir soulever un voile impénétrable,
Placé devant nos yeux, selon sa volonté...
Oui, devant son secret je me suis arrêté!...
Levant les yeux au Ciel, contemplant la Nature,
J'ai vu le Créateur et l'humble créature!
Ne portant pas plus loin des regards indiscrets :
J'ai craint de blasphémer en cherchant des secrets!...
L'homme adorant un Dieu, seul auteur de la terre,
Doit regarder en haut, s'incliner et se taire!

DAMIS.

Je découvre mon front, et signe des deux mains,
Ce code qui devrait régir tous les humains!

L'AUTEUR.

Plaignons ces malheureux, que je crois en démence,
Qui, voulant définir cette grandeur immense,
En ont fait un Rocher, un Ibis, un Serpent!
L'extrême orgueil, hélas! de ses traits les frappant,
Alors, blasphémateurs, ils en ont fait un homme!
Condamnant l'univers à propos d'une pomme!

Ayant leurs passions et leur méchanceté,
Leurs vices, leur orgueil, même leur cruauté !
Punissant sur le fils les fautes de son père,
Sept générations... une affreuse vipère !...
Grand Dieu ! pardonnez-leur s'ils sont de bonne foi :
Car de l'esprit faillible ils ont subi la loi !

DAMIS.

Je conçois, maintenant, la grandeur de l'idée
Qui vous a fait écrire une ardente pensée !
Subir tous ces affronts en toute humilité,
Sans protester tout haut, ce serait lâcheté !

L'AUTEUR.

Il le faut à tout prix ! et quoi qu'il en résulte !...
Resterons-nous muets en face de l'insulte ?...
Nous respectons leur foi, sous les conditions
Qu'ils seront circonspects pour nos convictions.
Respects et libertés, à chacun sa croyance,
Voilà le cri, Damis, qui retentit en France !

DAMIS.

Je le crois avec vous... Adieu donc, cher auteur !
Publiez ce travail... Je suis à vous de cœur !

L'AUTEUR.

A bientôt, cher Damis... Oui, le devoir de l'homme
Est tracé dans ces mots : — Il faut combattre Rome !... —
Malheur à nous ! malheur ! si, courbés lâchement,
Nous tombons à genoux à son commandement !
A son ardent vouloir si nous ouvrons nos portes,
Nos libertés s'en vont, nos libertés sont mortes !

FIN.

LA

FRANC-MAÇONNERIE

ET

L'ALLOCUTION PAPALE

SATIRE

Chez nous, Maçons, règnent l'égailté, la tolé-
rance, premier garant de la liberté de l'homme,
symbole auguste de sadignité originelle.
                              L'illustre Dupin aîné.

C'est au tour des Maçons ? Vous venez les pourfendre ?
Permettez à l'un deux, Messieurs, de se défendre.
Voilà, je suis à vous ! En cette édition,
Je veux vous dire un mot sur l'allocution :

Encore ! Ah ! c'est trop fort !... La Franc-Maçonnerie
Fait surgir aujourd'hui votre extrême furie !
On vous croit occupés au bonheur d'ondoyer,
Mais point : car votre temps se passe à foudroyer !
A foudroyer, hélas ! votre triste impuissance
Égale, pour le moins, votre excès de licence ;
Et tous ces Franc-Maçons sur lesquels vous tonnez,
De vos mots insultants doivent être étonnés.
Ah ! vos haines sans fin, dans vos conseils muries,
Invoquent ardemment le secours des furies,
Qui, les serpents en main, s'acharnent sans pitié
A semer ici-bas l'affreuse inimitié !
Essayant tous les jours de troubler les familles,
Sous le déguisement de pompeuses guenilles !
Ou bien, visant plus haut, en vos prétentions,
Dans l'espoir de brandir d'ardentes passions,
Au puissant Jupiter vous empruntez la foudre !
Mais, manquant votre effet, vous songez à la poudre :

N'ayant plus confiance en vos sacrés canons,
Du pouvoir séculier il vous faut les canons!
Vous lui montrez partout la Franc-Maçonnerie,
Aux luttes du Forum dans le secret nourrie,
Prête à fondre sur lui le fer, la torche en main,
Que son pouvoir puissant n'a pas de lendemain!

Donc, avec onction, les bras sur la poitrine,
Vous pratiquez toujours l'inhumaine doctrine
Que le bras séculier est armé par les dieux
Pour soutenir partout vos écarts odieux!
Pour vous suivre, en aveugle, en vos détours obliques,
Pour dresser des bûchers sur les places publiques
Et rôtir chaque jour, courbés sur leurs genoux,
Des hommes aimant Dieu, mais non point comme vous!
Des hommes éclairés, les pieds hors de l'ornière
Où vous cachez en vain l'éclatante lumière;
Des hommes pleins d'amour, semant la charité
Aux frères malheureux sans l'avoir mérité!
Prenant dans leur gousset la charitable *pière,*
Mais non pas pour donner au denier de Saint-Pière!
Pensant que secourir la veuve et l'orphelin
Est mieux que de payer un ardent chapelain!

Faux dénonciateurs, auprès de la puissance!
Il vous faut à tout prix la douce jouissance
De voir les souverains écouter vos fureurs!
Se laissant entraîner à d'absurdes terreurs,
Renouer aujourd'hui l'épouvantable trame
Qui fit trembler la terre et la couvrit d'un drame!
Oui! comme aux Templiers, ce grand ordre de preux,
Mis à l'index par vous et traqués en lépreux,
Livrez-nous aux bourreaux! Qu'on nous tranche la tête,
Dans tous les lieux publics, aux sons de la trompette!
Alors, très satisfaits de ces concessions,
Vous chanterez en cœur à des processions (¹)!

Le pouvoir n'aime point vos manœuvres occultes;
Il maintient dans nos lois la liberté des cultes!
Il voit, sans s'effrayer, le temple du maçon;
Il les voit réunis sans le moindre soupçon.

(¹) Voir la note 14, p. 28.

Oui ! le Grand-Orient et ses pouvoirs extrêmes
Ne donnent nuls chagrins à nos pouvoirs suprêmes !
C'est pour vous un tourment, le sujet de vos cris.
Pourtant, oh ! c'est affreux ! vous les voyez inscrits
Ces mots de liberté pour toutes les croyances !
Et vous devez subir l'élan des consciences !...
Il est trop libéral, ce pouvoir séculier !
Il devrait être à vous et devenir geôlier :
Entasser, pêle-mêle, en des prisons sans nombre,
Des hommes vertueux, hélas ! qui vous font ombre !

De l'allocution, que peut-il résulter ?
Le cœur rempli de fiel, vous venez insulter
Les trois cents millions d'hommes pleins d'énergie,
Que vous dites partout livrés à la magie,
Aux conspirations, aux plus horribles faits,
Aux attentats affreux, aux crimes, aux forfaits !
Vous ne savez donc pas qu'en tous lieux, sur la terre,
Vivent les Franc-Maçons, sans le moindre mystère ?
Hommes de tous les rangs : travailleurs, écrivains,
Soldats, cultivateurs, commerçants et marins ;
Des hommes de renom, des préfets, des ministres ;
D'illustres magistrats sont sur nos grands registres ;
Des hommes blancs, des noirs, des cuivrés, des métis,
De tous cultes connus et de tous les partis.
Oh ! l'univers le sait, dans cet ordre fourmille,
L'homme rempli d'honneur, au sein de sa famille ;
Eh bien ! ces éléments de nos sociétés,
On doit les admirer et vous les insultez !...
Il est donc évident qu'en votre esprit s'allie
Les plus noires fureurs aux traits de la folie !
Mais les hommes, enfin, guidés par la raison,
De vos méchancetés vont faire une oraison !

Messieurs, sachez-le bien, le giron maçonnique
N'eut jamais d'autre but qu'un but philanthropique :
C'est un vaste réseau d'associations,
D'hommes de tous les temps, de toutes nations.
Le vaillant voyageur, dans sa course lointaine,
Doit rencontrer partout assistance certaine.
Les courageux marins, en parcourant les mers,
Sont frappés quelquefois des coups les plus amers !

Des signaux convenus, annulant la distance,
Vont lui chercher au loin bonne et prompte assistance.
Laissez-moi, dans ces vers, vous raconter un fait,
Un exemple frappant de cet accord parfait :
C'était près du cap Horn, à l'extrême Amérique,
Où le Grand-Océan vient joindre l'Atlantique ;
Une affreuse tempête avait tout renversé,
Nous laissant bien meurtris de son fracas passé !
Par surcroît de malheur, — ils doivent tous se suivre —
Manquant de tout, hélas ! n'ayant plus rien pour vivre !
Rencontrer un navire était l'unique espoir ;
On veillait avec soin du matin jusqu'au soir.
Peu de vaisseaux courant ces vastes solitudes,
Nous étions consternés et rongés d'inquiétudes !
Vaincus, mourant de faim, dans un malheur patent !
Mes hommes répétaient : C'est la mort qu'on attend !...
Soudain, j'entends un cri ! Du haut de la mâture,
A l'extrême horizon, se voyait la voilure
D'un navire courant toutes voiles dehors.
Oh ! quel bonheur partout se répandit alors !...
Dix minutes après, pour joindre cette étoile,
Mon bon petit navire était couvert de toile ;
Il semblait pénétré que de son bon secours
Dépendait notre sort, le salut de nos jours !
Emporté par le vent, il franchissait l'espace ;
Des vagues en courroux, il défiait l'audace.
Hélas ! il était loin, le bâtiment sauveur !
D'une plus grande marche aurons-nous la faveur ?
Un signal ? impossible, à de telles distances !
Pourtant, sur le succès étaient nos existences.
Alors, un doute affreux vint nous saisir à tous :
Lequel triomphera du sauveur ou de nous ?...
Ballottés par l'espoir et par la crainte ardente,
Une heure s'écoula dans la cruelle attente.
Enfin, nous triomphons ! Oui, nous sommes vainqueurs !
Oh ! quel moment heureux vint pénétrer nos cœurs !

Quelques heures plus tard, comme un coursier qui passe,
Notre excellent navire avait franchi l'espace ;
On voyait à l'œil nu du sauveur les *pavois*,
L'on touchait à ce point où peut porter la voix.

Enfin, je pus hêler ! Vers lui ma voix s'élance...
O surprise! ô douleur! il garde le silence!
Toutes voiles dehors, il persiste à courir!
De désespoir, de faim, nous allions tous mourir!
C'est évident, il fuit! Il se presse, il se hâte!
Hélas! il nous prenait pour un rusé pirate
Qui, très adroitement, veut s'approcher d'abord,
Manœuvrer tout à coup et s'élancer à bord!
Comment le rassurer?... Un blason maçonnique,
L'équerre et le compas, cet attribut antique,
S'étalait au grand jour, comme un noble ornement.
Peints en or sur azur à son *couronnement*.
O bonheur, c'est un frère! Alors, je fis des signes
Bien connus des maçons, je montrai mes insignes.
Il s'arrêta soudain!... Quelques instants après,
Des secours généreux pour nous étaient tout prêts!...
Trop heureux franc-maçons! La rencontre d'un frère
Epuisait nos douleurs, notre affreuse misère!...
Dans des canots charmants, pavoisés et bien peints,
De vaillants matelots nous apportaient des pains!

O vous tous, franc-maçons! qui lirez cette histoire,
Inspirez-vous toujours de ce trait méritoire!
Que partout votre cœur, au bienfait consacré,
Reflète un souvenir : votre serment sacré!
Ce serment généreux, que l'univers contemple,
Que vous avez prêté dans le parvis du temple;
Que cet engagement, le plus saint, le plus beau,
Guide en tous lieux vos pas, vous serve de flambeau!

Osez donc maintenant nous lancer l'anathème!
O vous, ultramontains, suivant votre vieux thème,
Foudroyez le Maçon dans sa fraternité!
Osez blâmer en lui la sainte charité!
La charité!... Messieurs, nous connaissons la vôtre :
Vous donnez quelquefois, mais c'est l'argent des autres;
Les prières à Dieu, que vous nous marchandez,
Les messes pour les morts, hé bien! vous les vendez!
Tout s'achète chez vous, aux pieds de la Madone!
Ses secours, ses conseils, le Franc-Maçon les donne!

Enfin, nous vous prions, en toute humilité.
De respecter en nous le droit, la liberté!

Cessez de nous couvrir d'insultes trop grossières...
Mais vous resterez sourds à toutes nos prières;
De maudire est, je crois, chez vous un parti pris;
Messieurs, votre fureur ne vaut que le mépris!...

En tout cas, ce discours, qui nous excommunie,
Nous conduit aux enfers en bonne compagnie,
Car de grands Empereurs, des Princes et des Rois,
Toujours, se sont rangés sous nos humaines lois.

Pour calmer, s'il se peut, tout ce bruit ridicule,
Et démasquer, enfin, votre esprit qui calcule;
Pour calmer vos terreurs, je veux faire un portrait
De ces affreux Maçons; le voici traits pour traits :
Le Maçon croit en Dieu, croit notre âme immortelle;
Sa véritable foi, je vous l'affirme, est telle,
Que tout homme d'honneur est dans le temple admis;
Cependant, à ses lois, il doit être soumis.
Il adore un seul Dieu, sans aucun empirisme;
Il voit avec horreur tout ardent fanatisme;
Il donne son mépris aux parleurs charlatans,
Qui frappent l'univers de discours insultants!
Guidé par la vertu, l'amitié fraternelle,
Ces grands critériums de morale éternelle,
Il s'avance, en foulant aux pieds vos préjugés,
Vers la perfection que vous vous adjugez!

Voilà, Messieurs, voilà le fond de la doctrine,
Qu'il confessa toujours la main sur sa poitrine!
Sans nuls déguisements, aux yeux du genre humain;
Sans dévier d'un pas, sans changer de chemin;
Marchant, avec honneur, guidé par les sciences,
Répétant en tous lieux : « Respect aux consciences! »
Sa sainte mission, de toute éternité (¹),
Fut de prêcher l'honneur et la fraternité!

(¹) Voir la note 15, p 28.

NOTES

1ᵉʳ Note, page 5.

Oh! vous serez frappés un jour comme autrefois,

En raison de leur ambition à tout envahir, et des doctrines régicides qu'on les accusait de prêcher, les jésuites furent chassés de France par un édit de Henri IV, en 1595. Rentrés par l'influence des pères jésuites Lachaise et Letellier sur Louis XIV, dont ils furent les confesseurs. Chassés de nouveau en 1764 par un édit de Louis XV. En 1767, ils le furent également de l'Espagne. En 1773, un bref du pape Clément XIV prononçait l'extinction de leur Société. Enfin, en 1805, un décret de Napoléon Iᵉʳ prononçait la dissolution de leur ordre. Sans compter l'exclusion absolue prononcée par notre première République.

2ᵐᵉ Note, page 6.

Nouveaux Torquemada, qu'en un jour de colère
Jéhovah fit surgir pour dépeupler la terre !

Après que l'inquisition, dite moderne, fut rétablie en Espagne (sous le règne de Ferdinand et d'Isabelle), une bulle de Sixte-Quint créa un Conseil de la Suprême et un Grand Inquisiteur général ; Torquemada, l'un d'eux, fut le plus atroce. On évalue à 5 millions le nombre des hérétiques égorgés ou brûlés vifs par les ordres de ces forcenés fanatiques.

3ᵐᵉ Note, page 6.

Et bientôt on verra, sur le sol de la France.
Paraître vos bienfaits : l'extermination !...

Sous la Restauration, quand une armée française, commandée par le duc d'Angoulême, eut vaincu la révolution espagnole et rétabli Ferdinand VII sur son trône, le clergé eut bientôt repris toute son influence, et l'on vit reparaître les persécutions religieuses : en 1826, à Valence, il y eut un auto-da-fé : un juif fut brûlé vif sur la place publique. Donc, il suffit de laisser faire le clergé pour revoir ces atrocités.

4ᵐᵉ Note, page 6.

Et le massacre, en bloc, des sanglants Albigeois.
Où le Grand Roi vieilli ternissait ses exploits !

Sous l'influence des pères jésuites Lachaise et Letellier, successivement ses confesseurs, Louis XIV entreprit de détruire l'hérésie en

France : de là, les dragonnades, le massacre des Albigeois et, surtout, la révocation de l'édit de Nantes, qui porta le coup le plus funeste à l'industrie, au commerce et à la richesse de la France.

5ᵐᵉ NOTE, page 7.

Que l'on voit chaque jour couverts de vos insultes.

Tout le monde sait comment, en chaire et dans les mandements, sont traités tous ceux qui osent adorer Dieu d'une manière différente de celle du clergé catholique.

6ᵐᵉ NOTE, page 8.

Au moyen d'un veto, de lui fournir les vôtres,

Pie IX, dans son Encyclique et dans sa lettre à l'Empereur du Mexique, déclare, d'une manière formelle, que l'éducation de la jeunesse doit être placée dans les mains du clergé.

7ᵐᵉ NOTE, page 9.

Mettez des millions du grand budget des cultes,

Le budget des Cultes fourni par l'État est de 46 millions par an, sans compter les logements et les suppléments fournis par les départements et les communes. A côté de cela, nous voyons le budget de l'Instruction publique être à peine de quelques millions.

8ᵐᵉ NOTE, page 10.

Vous attaquez, enfin, ce grand droit de suffrage,

Dans son Encyclique, le Pape nie que les peuples aient le droit d'élire leur souverain, et que le suffrage universel ait quelque autorité.

9ᵐᵉ NOTE, page 10.

Qu'il change en hôpitaux d'innombrables couvents,

Nous avons en France 14,017 couvents de religieux des deux sexes, ayant un personnel de 108,119 individus, possédant pour environ 105,370,000 francs de propriétés foncières. Quant à leurs richesses mobilières, rentes, actions, obligations, etc., nul ne les connaît; elles doivent être immenses. Si nous ajoutons aux 108,119 membres du clergé régulier de l'Église catholique, environ 90,000 membres du clergé séculier, nous aurons environ 200,000 individus composant le personnel de l'Église catholique en France. En supposant que chaque individu consomme, en moyenne, 2,000 fr. par an, ce qui n'est pas exagéré, nous arrivons à la somme énorme de 400,000,000 de francs, que coûte chaque année l'entretien du personnel de l'Église catholique. Si nous ajoutons à cela ce que coûte annuellement à l'État, aux départements et aux communes, l'achat, la construction, les réparations et l'entretien des églises, presbytères, séminaires, etc., etc., nous aurons un chiffre qui dépassera, bien certainement, ce que coûtent les 5 ou 6 cent mille hommes composant l'armée française. Et qu'on remarque que je néglige de tenir compte des dépenses occasionnées par les chantres, hallebardiers, sacristains, etc., etc.

10me Note, page 11.

Vous êtes un huitième !... Oh ! bien moins possesseurs ;

La population de la terre est d'un peu plus d'un milliard, et se décompose, au point de vue des cultes, de la manière suivante : Brahmanisme, 200 millions d'âmes; Bouddhisme, 350 millions; Islamisme, 150 millions; Fétichisme, 100 millions; Judaïsme, 5 millions; enfin, Christianisme, 260 millions. De ce dernier chiffre, il faut déduire tous les Chismatiques, ce qui réduit les Catholiques romains tout au plus à 140 millions. Sortez encore les indifférents, que reste-t-il de croyants?

11me Note, page 13

L'Évêque en beaucoup d'or transforme sa parole !

Tout le monde sait que le traitement payé par l'État à un Archevêque, le supplément des départements ou des communes, le logement, etc, etc, ne va pas à moins de 25 à 30 mille francs par an. Quand l'Archevêque est Cardinal, et par conséquent Sénateur, il peut aller de 65 à 70 mille francs.

12me Note, page 14.

Au nom d'un Dieu de paix et de soumission,
Vous proclamez la guerre... Oh ! triste mission !

L'histoire nous enseigne les maux causés par les prétentions des Papes, appuyés des Évêques, à dominer les souverains. Depuis le jour, en 502, où le pape Simaque osa dire à l'Empereur Anastase — Que sa dignité était au-dessous de la dignité du successeur de saint Pierre, comme la terre est au-dessous du Ciel, — jusqu'à nos jours, où Pie IX lance une Encyclique affirmant les mêmes prétentions, la chrétienté a subi d'affreuses divisions qui ont fait couler des torrents de sang. Quand donc les peuples s'affranchiront-ils d'un pareil état de choses?

13me Note, page 14.

Ah ! du temps du Grand Roi, tout le clergé de France
Tenait avec orgueil à son indépendance.

Je fais ici allusion à la déclaration de 1682, faite par tout le clergé de France, Bossuet en tête, affirmant les droits et l'indépendance de l'Église nationale, dite *Église Gallicane*. Cette déclaration niait les prétentions de Grégoire VII. Ce Pape affirmait : — que les Souverains Pontifes sont, de droit divin, les monarques de tous les monarques de la terre. — C'est cette doctrine qu'on voudrait faire prévaloir aujourd'hui. Elle n'est pas sans logique ; car de deux choses l'une : ou les princes et les peuples croient que le Pape est le représentant de Dieu sur la terre, et alors ils n'ont rien à lui refuser ; ou ils ne le croient pas, et alors pourquoi ne s'affranchissent-ils pas, d'une manière absolue, de son influence fâcheuse pour la paix du monde ? La déclaration de 1682 était un acheminement vers cet affranchissement. Le clergé français la combat aujourd'hui : pourquoi ? Parce que la domination des Papes est le point d'appui sur lequel il espère fonder sa propre domination ; et c'est précisément pour échapper à ces prétentions, que |nos souverains ont toujours cherché à faire prévaloir les doctrines de l'Église Gallicane. Je crois qu'ils ont fait fausse route, parce que la papauté et le clergé veulent tout ou rien. Tout, c'est la domination absolue avec les persécutions religieuses ; rien, c'est l'indépendance de l'État, la liberté de conscience et la paix du monde. Choisissez !

L'erreur des souverains vient de ce qu'ils croient que le clergé leur est utile pour gouverner les peuples, et qu'ils oublient qu'en s'appuyant sur le clergé, ils seront gouvernés par lui, ou qu'ils auront à lutter constamment avec ses [prétentions ; il serait temps qu'ils ouvrissent les yeux.

14ᵐᵉ Note, page 20.

Alors, très satisfaits de ces concessions,
Vous chanterez en chœur à des processions !

Sous Philippe-le-Bel, les Templiers, condamnés par des tribunaux ecclésiastiques, périrent victimes d'atroces accusations portées contre eux. Elles étaient fausses, paraît-il, car ils protestèrent contre jusque sur l'échafaud. D'ailleurs, Philippe-le-Bel, qui n'avait plus de juifs à dépouiller, n'était pas fâché de s'emparer des immenses richesses des Templiers.

15ᵐᵉ Note, page 24.

Sa sainte mission, de toute éternité,
Fut de prêcher l'honneur et la fraternité !

D'après l'abbé Lefranc, l'origine de la Franc-Maçonnerie remonterait à Dieu ; pris dans le sens moral, cela est vrai : puisque Dieu est la sagesse et la vérité, et que les emblèmes de la Franc-Maçonnerie sont la sagesse et la vérité. Mais dans le sens pratique, il n'est pas déraisonnable de la faire remonter, avec beaucoup d'historiens, aux mystères d'Osiris, pratiqués autrefois, en Égypte ; ou, pour le moins, à l'époque de la construction du temple de Salomon.

Bordeaux, imp. G. Goükoüilhou, rue Gairaude, 11.